Een schim
in de torenkamer

Pieter van Oudheusden
met tekeningen van Mario Boon

DELTAS

1. Aankomst in het dorp

De Wolvenkloof, de Bodemloze Schacht, het Paarden-
graf, de Hoef van de Oude Duivel...
Op de landkaart ziet het er zo veelbelovend uit. Maar
als Lot om zich heen kijkt, ziet ze op de steile bospaadjes
alleen ouders met treuzelende kinderen of rood aan-
gelopen bejaarden. Waarom is het echte leven nooit zo
spannend als in de boeken die ze leest?
'Zijn jullie er al uit?' vraagt papa. 'Hebben jullie enig
idee waar we in vredesnaam zijn?'
De gps heeft hen het bos ingestuurd. Papa denkt dat ze
al in de buurt van hun reisdoel zijn, maar nergens zien
ze plaatsnaamborden of richtingaanwijzers. Daarom
zijn ze uitgestapt op deze picknickplek en zitten mama
en Lot nu over de wegenkaart gebogen.
De croissants en de chocoladebroodjes die ze onderweg
hebben gekocht, liggen op de picknicktafel uitgestald.
Lot pakt er eentje en neemt gedachteloos een hap.
'We zijn toch op weg naar Kasteel Schoonoord, hè?'
vraagt ze. 'Gevonden, kijk maar.' Triomfantelijk tikt ze
met haar wijsvinger op de kaart.
'Nu zie ik het ook, Ben', zegt mama. 'Bij de volgende
splitsing naar rechts, dan rijden we er zo naartoe.'
'Zullen we dan maar meteen instappen?' dringt papa
aan.
'Eerst een broodje', zegt mama. 'En zit er nog koffie in
de thermosfles?'

Lot is met papa en mama op vakantie. Vakantie-maar-
niet-heus, vindt Lot, omdat papa bijna de hele tijd moet
werken. Zijn beroep is architect, hij ontwerpt huizen en
gebouwen.
De man die het kasteel verleden jaar heeft gekocht,
heeft papa de opdracht gegeven om het te verbouwen
tot een luxe hotel. Daarom gaan ze er een maand naartoe, zodat papa op zijn gemak kan werken: alles opmeten en daarna schetsen en berekeningen maken.
Eerst gaan ze bij een mevrouw in het dorp de sleutels
van het kasteel ophalen.

'Heb je haar gebeld om te zeggen dat we vertraging hebben?' vraagt mama.

'Wel geprobeerd, maar niet gelukt', zegt papa. 'Mijn mobieltje heeft hier nergens bereik, dus dat begint alweer goed.'

Goed nieuws, denkt Lot. Hoeft ze de komende weken niet bang te zijn dat alsmaar de telefoon gaat, zoals wanneer papa thuis is. Lekker rustig.

Bij de afslag gaat de weg weer bergaf. Beneden in het dal kunnen ze het dorpje al zien liggen. Wanneer ze het binnenrijden, komen ze vanzelf bij een pleintje waar een bloeiende kastanjeboom staat. In steen uitgehakte soldaten houden de wacht bij een huilende engel, met hun geweren in de aanslag.

'Stop even', zegt mama. 'Ik zie daar een kruidenierswinkel. Ik wil een paar boodschappen doen, anders hebben we vanavond niets te eten.'

'Mij best', zegt papa. 'Daar op dat terras wacht ik op jullie. Na dat enorme eind rijden heb ik wel een koud biertje verdiend.'

In de dorpswinkel koopt mama stokbrood, boerenpaté en camembert. En verder een fles cider voor papa en haar en een pak sinaasappelsap voor Lot. 'We zijn op weg naar het kasteel', zegt mama tegen de meneer van de winkel. 'Is dat nog ver van het dorp?' De man gaat door met het uittellen van het wisselgeld en doet alsof hij niets heeft gehoord. Als mama haar boodschappen in de tas doet, vraagt ze nog eens: 'Kunt u mij vertellen

of het kasteel nog veraf is?' De winkelman krabt aan
zijn baardstoppels, snuift even en schudt dan zijn hoofd.
'Weet u het niet of is het niet ver meer?' wil mama weten. De man bromt alleen iets onverstaanbaars.
Rare mensen hier, denkt Lot.

'Nummer zestig, hier zou het moeten zijn', zegt papa,
terwijl hij rechtsaf slaat. De auto passeert een roestig,
scheefgezakt hek en wringt zich tussen de overhangen-
de takken van de vlierstruiken door. Grint knerpt onder
de banden, steentjes ketsen tegen de bodemplaat. Ze
stoppen bij een huisje met een roodgeverfde voordeur,
dat half verscholen is onder klimop.
Lot en mama blijven in de auto zitten, terwijl papa de
sleutels ophaalt. Nadat hij heeft aangebeld, doet een
oude mevrouw open. Terwijl papa zijn verhaal tegen
haar afsteekt, werpt ze een wantrouwige blik over zijn
schouder naar de auto op het grintpad.
De vrouw kijkt ernstig, gebaart met haar handen en op
een gegeven moment pakt ze papa zelfs bij zijn mouw
vast. Daarna geeft ze hem een sleutelbos, die ze stevig
in zijn hand drukt. Het is bijna alsof ze hem niet wil
laten gaan.
'Wat zei ze, Ben?' wil mama weten als papa weer is in-
gestapt.
Papa steekt de sleutels in zijn broekzak en haalt zijn
schouders op. 'Volgens haar kunnen we beter onze
intrek in het koetshuis nemen, want er zou een spook

in het kasteel wonen. Maar dat moet ik eerst nog zien,
hoor.'
Hij draait zich om naar de achterbank, waar Lot met
gespitste oren heeft zitten luisteren. 'Of wil jij toch liever
in het koetshuis logeren, Lot? Hoe zou jij het vinden om
's nachts een spook tegen het lijf te lopen?'
Lots ogen beginnen te stralen.
'Dat lijkt me supergeweldig, papa.'

2. Het kleine paradijs

'Het is net alsof we niet welkom zijn', zegt Lot, nadat de auto is gestopt.

Ondanks de zon en de warmte maakt het kasteel een sombere, kille indruk. De luiken zijn gesloten, op de trap naar de voordeur groeit mos. Het dorre, gele gras is kniehoog opgeschoten. Overal groeit onkruid, ook op de oprijlaan en zelfs in de dakgoten.

'Dat lijkt maar zo', zegt mama. 'We schakelen de elektriciteit in, zetten de luiken open en laten de hele boel lekker doortochten. Met wat inspanning en goede wil kunnen we het vast wel gezellig maken. Er is een koelkast, en ook een wasmachine. Alleen geen tv, maar die heb je op vakantie ook niet nodig. We hebben een doos vol boeken meegenomen.'

Papa haalt de koffers en de tassen uit de kofferbak. Hij probeert erbij te fluiten, maar het klinkt meer als een raar soort gepuf.

Binnen ruikt het kasteel naar herfstbladeren en natgeregend karton. Hun voetstappen klinken hol op de zwart-witte tegelvloer van de schemerige gang. Over alle meubels liggen lakens, die mama meteen begint weg te halen en op te vouwen. 'Help jij even mee, Lot?' Papa loopt terug naar de auto, omdat hij nog iets heeft laten liggen.

Zonder de groezelige lakens en met wijd open ramen zien de kamers er meteen heel anders uit. 'Zie je wel,

dit is al een stuk minder griezelig', zegt mama. 'Zeg Lot,
wil je boven rondkijken om een leuke slaapkamer voor
jezelf uit te zoeken?'

Als Lot de gang inloopt, duikt er een wapperende, witte
gedaante voor haar op. Hij verspert haar de doorgang
en laat een onheilspellend gekreun horen, dat overgaat
in akelig gejammer.

'Echt supergrappig, pap', zegt Lot. 'Schei nou maar uit,
anders word ik nog bang van je.'

'Ja, Ben', zegt mama. 'Pas je een beetje op, want die
lakens zijn ont-zet-tend stoffig.'

Papa niest, en nog eens.

'Ik merk het.'

's Avonds eten ze op het terras aan de achterkant van
het kasteel. De ondergaande zon werpt lange schaduwen en in het gras tjirpt een legertje krekels. Verder is er
niets te horen, alleen het zachte geraas van de autoweg
achter de heuvels. Een libelle blijft als een helikopter
boven hun tafeltje hangen en vliegt daarna weer snel
verder.

'Het is echt een paradijsje hier', zegt papa. 'Ik zou hier
wel altijd willen blijven. Dan zou ik de kasteelheer zijn,
graaf Bernhard Koenegracht de Onoverwinnelijke. En
jij, Els, werd dan mijn slotvrouwe, gravin Elizabeth van
Engelenhaar tot Ogentroost.'

'En ik?' vraagt Lot. 'Doet dochterlief weer voor spek en
bonen mee?'

'Jij wordt natuurlijk jonkvrouw', zegt papa. 'Freule Charlotte-Louise Spring-in-'t-Veld.'
'Een kasteel als woonhuis lijkt me behoorlijk onhandig, hoor', zegt mama. 'De winkels zijn een eind uit de buurt en we kennen hier niemand. En wie mag de boel schoonhouden?'
'Tjee, pap,' zegt Lot, 'droom lekker verder. Shit zeg, er is niet eens kabel of internet, we zitten hier midden in de kloterige rimboe.'
Mama kijkt haar bestraffend aan. 'Foei, Lot, dat is geen taal voor een jonkvrouw.'
'We kopen een paard voor je, wat vind je daarvan?' stelt papa voor.
'Praat geen onzin, Ben', zegt mama. 'Volgende maand gaan we fijn weer terug naar ons eigen huis. Zo'n kasteel is mij te veel werk.'

In de schemering kijken ze naar de vleermuizen die insecten vangen door duikvluchten te maken rond de torentjes van het kasteel en tussen de boomtoppen.
Pas als het helemaal donker is, gaat Lot naar haar nieuwe slaapkamer. Ze legt een zaklantaarn op het nachtkastje naast haar bed, want ze is vastbesloten wakker te blijven totdat het kasteelspook van zich laat horen. Maar ze is zo vermoeid na de lange autorit, dat ze in slaap valt zodra haar hoofd het kussen raakt.

3. Gele ogen

Van een eikenhouten deur en twee ladekastjes heeft
papa een werktafel gemaakt, waarop hij zijn draagbare
computer heeft neergezet. Onmiddellijk na het ontbijt is
hij druk aan de slag gegaan met zijn rekenmachine en
zijn uitrolbare meetlint. Intussen zijn mama en Lot naar
een grote supermarkt kilometers verderop in het dal
gereden. Daar hebben ze een winkelkarretje vol boodschappen geladen, van schuursponsjes en toiletpapier
tot pannenkoekenmeel en diepvriesbiefstukken, alles bij
elkaar genoeg voor minstens een week.
'Zo', zegt mama, nadat ze alles hebben thuisgebracht.
'Zullen we een appeltaart gaan bakken? Kunnen we
meteen kijken of het fornuis goed werkt.'
Dat vindt Lot een goed idee, en papa ook. 'Maar het zal
me niets verbazen als die appeltaart mislukt', voegt hij
eraan toe.
'Kletskoek, mijn appeltaart mislukt nooit', zegt mama
een tikkeltje beledigd.
'In dit spookkasteel kun je de raarste dingen verwach-
ten. Ik ben al de hele ochtend bezig, maar hoe vaak ik
ook hetzelfde stuk muur of vloer meet, de uitkomst is
elke keer anders. En om de haverklap blijkt de batterij
van mijn laptop leeggelopen te zijn. Om stapelgek van
te worden.'
'Kun je intussen al met je mobieltje bellen?' vraagt
mama.

'Soms wel, soms niet,' zegt papa, 'en alleen wanneer ik in de dakgoot klim.'

'Alsjeblieft, Ben, doe in hemelsnaam voorzichtig. Die dakgoten zien er ongelooflijk gammel uit. Trouwens, dit hele kasteel is een bouwval. Op alle binnenmuren groeit schimmel, er zitten kieren in de vensters en geen enkele deur sluit. Vooral 's winters moet het hier steenkoud zijn.'

'Dan zijn we allang weg', zegt papa.

's Middags gaat papa verder met zijn meetlint, onder luid gefoeter. Mama doet in de achtertuin een dutje op een paardendeken die ze onder een kersenboom heeft gelegd. Lot heeft geen zin om te lezen, te slapen of haar vader voor zijn voeten te lopen.

Ze slentert richting het koetshuis, waar ze een oude waterput heeft gezien. Er hangt een rafelig, verweerd stuk touw in. Waarschijnlijk heeft er vroeger een emmer aan gehangen, maar die is verdwenen.

Hoe diep Lot zich ook over de afgebrokkelde stenen rand buigt, ze ziet niets anders dan een inktzwarte, bodemloze schaduw en ze ruikt de muffe geur van oude modder. Ze zoekt een keitje, laat het vallen en hoort een doffe tik: de put staat droog.

'Hallo,' roept Lot naar beneden, 'is daar iemand... HALLOOO!'

De schaduw zegt niets terug. De echo die onder in de put woonde, is vast al lang geleden verhuisd.

Meteen voorbij het koetshuis begint het bos. Zolang ik netjes op het pad blijf, kan me niets overkomen en loop ik geen gevaar te verdwalen, denkt Lot.

Het is verrukkelijk koel onder de bomen. Boven haar hoofd zingen allerlei soorten vogels en een specht timmert er ijverig op los. Blijkbaar komen er bijna nooit mensen in dit gedeelte van het bos, want nergens ziet ze waarschuwingsborden of prullenbakken.

Er ligt een vermolmde, met paddenstoelen begroeide boomstam over het pad. Ze moet eroverheen klauteren om verder te kunnen. Dieper in het bos wordt het pad steeds moeilijker begaanbaar en op sommige plaatsen moet ze de takken van de struiken opzij duwen.

Het pad eindigt bij een zanderige open plek, vol konijnenkeutels en verdroogde dennennaalden. Lot blijft aarzelend staan. Er gaat iets vreemds van die plek uit, iets wat haar angst aanjaagt zonder dat ze kan uitleggen waarom. De vogels zingen niet meer. Ze hoort alleen nog het rusteloze zoemen van insecten.

Aan de overkant van de open plek staat een dier haar beweginglos aan te staren. Hij lijkt op een hond maar dan groter, veel groter, en hij heeft een ruige grijsbruine vacht. Zijn tong hangt uit zijn bek en hij hijgt lichtjes, alsof hij is aan komen rennen. Zijn scherpe tanden schitteren in het zonlicht. Zijn gele ogen kijken haar doordringend aan.

Lots adem stokt in haar keel als ze beseft welk dier het is, daar tegenover haar. Een wolf is in werkelijkheid veel

ontzagwekkender dan in haar sprookjesboeken of in de
natuurfilms op televisie.

Lot drukt haar handen tegen haar ogen.

Als ze tussen haar vingers door durft te kijken, is de wolf
verdwenen. Opgeslokt door het donkere bos, alsof hij
daar nooit heeft gestaan. Ze draait zich om en begint te
hollen, halsoverkop het pad af, dwars door het struikgewas heen, totdat ze het kasteel tussen de bomen ziet
opdoemen.

Mama is net bezig de deken waarop ze gelegen heeft,
weer op te vouwen.

'Niet zo rennen in die vreselijke hitte, lieverd', zegt ze.
'Dat is helemaal niet gezond. Ik ga het eten klaarma-
ken, voel je ervoor om daarbij een handje te helpen?'

Lot staat nog na te hijgen,
voorover met haar handen
op haar knieën. Ze houdt
wijselijk haar mond over
wat ze in het bos heeft
meegemaakt.

4. De klopgeest

Papa komt de keuken binnen en kijkt boos om zich
heen. 'Mijn schaar, heeft een van jullie mijn schaar
meegenomen? Hij hoort op mijn werktafel te liggen,
maar opeens is ie foetsie. En mijn schrijfblok met ruitjespapier is ook spoorloos. Waarom zit iedereen altijd met
zijn vingers aan mijn spullen?'
'Schei toch uit, Ben,' zegt mama, 'je kunt thuis ook nooit
iets vinden omdat je zo slordig bent. Volgens mij zie je
spoken.'

'Was dat maar waar', bromt papa. 'We willen dat roem-
ruchte spook nu eindelijk wel eens zien, ja toch, freule
Charlotte?'
Voordat Lot kan antwoorden, zegt mama: 'Mopper niet
zo, heer Knorrepot van Zeurenstein. Help een handje en
doe ook eens iets nuttigs, bijvoorbeeld de tafel dekken.'
'Het is dat je het zo vriendelijk vraagt.'
Papa haalt de borden en het bestek uit de kast, terwijl
mama nog wat kruiden door de saus roert. Ze zet de
pannen op tafel en schept voor iedereen op.
'Lekker, spaghetti', zegt papa. Hij draait de slierten be-
hendig rond zijn vork.
'Herinner je je die oude vrouw in het dorp, bij wie we
de sleutel hebben opgehaald? Ze beweerde niet alleen
dat het spookt in het kasteel, maar ook dat er wolven in
het bos rondzwerven. Onzin natuurlijk, het is minstens
vijftig jaar geleden dat er in deze streek voor het laatst
een wolf is waargenomen.'
Hij raspt nog wat kaas boven zijn bord.
'Geen idee waarom ik daar nu aan moet denken, het
schoot me opeens te binnen.' Lot legt haar bestek neer
en schuift haar bord weg.
'Ik heb opeens niet zo'n trek meer, geloof ik.'
'Dat is niets voor jou', zegt mama. 'Jij bent altijd zo dol
op spaghetti.'

Die nacht wordt Lot wakker van een bonzend geluid.
Ze herinnert zich vaag een droom waarin ze in een sche-

merig bos werd achternagezeten door een wild hijgend
dier, dat ze alleen af en toe in een flits te zien kreeg. Een
dier met gele ogen en schitterende tanden.
Het geluid moet haar gewekt hebben. Een regelmatig
geklop, luid en heel dichtbij.
Maanlicht valt door de hoge ramen in haar kamer naar
binnen. Het enige wat beweegt, zijn de schaduwen van
boomtakken op de muren. Het geluid gaat niet weg, ook
niet als ze haar handen tegen haar oren drukt.
Met een zucht van opluchting beseft ze wat ze hoort:
geen klopgeest, maar het bonzen van haar hart.

5. Het meisje achter glas

Overal in het kasteel hangen portretten van de mensen
die in de afgelopen eeuwen het kasteel bewoonden.
Strenge mannen in uniform die haar vanuit de hoogte
aankijken. Elegante vrouwen, met of zonder pruik,
maar altijd in de prachtigste kleren.
De portretten in hun kapotte gouden lijsten zijn dof en
donker van ouderdom. Lot weet niet of ze alle schilderijen al heeft gezien. Nog elke dag ontdekt ze gangen en
kamers waar ze niet eerder is geweest.

Papa heeft haar een spelletje geleerd: zoek de overeen-
komsten. Sommige mensen op de schilderijen lijken
sprekend op elkaar. Kijk maar, dezelfde neus, dezelfde
kin, dezelfde ogen. Lot kan urenlang naar de portretten
staren om ze met elkaar te vergelijken.
Het portret dat ze het mooiste vindt, is geen schilderij
maar een kleine tekening, gemaakt met gekleurd krijt.
Die hangt in de bibliotheek, achter glas dat met vliegen-
poep is bespikkeld. Op de tekening staat een meisje met
een vogeltje op haar hand. Haar gezicht is bijna door-
schijnend wit en ze heeft grote, helblauwe ogen.
Altijd als Lot naar haar kijkt, heeft ze het gevoel dat het
meisje terugkijkt en haar herkent. Alsof het meisje achter glas weet wie ze is.
In de bibliotheek hangen ook prenten van het kasteel
toen het nog bewoond werd. Tussen de boeken die op
de planken staan weg te schimmelen, heeft Lot een
fotoalbum gevonden. Op de bruingetinte foto's spelen
mannen in witte flodderbroeken tennis op het grasveld
voor het kasteel. Dames met zwierige hoeden drinken
een kopje thee op het terras. Iedereen ziet er vrolijk uit.
Zelfs de bedienden lachen een beetje verlegen naar de
camera. Je zou bijna denken dat het leven in dat verre
verleden één groot feest was.
Zou er ook toen al een spook op het kasteel hebben ge-
woond? vraagt Lot zich af. Of is het spook misschien een
van die mensen? Er loopt een koude rilling over haar
rug.

6. Onweersbeestjes

Lot steekt haar hoofd om de hoek van papa's werkkamer.

'Zin in een uitstapje, pap? Zeg maar ja, want ook als je geen zin hebt, moet je toch mee. En je laptop blijft thuis, als je dat maar weet.'

Papa leunt achterover in zijn stoel, legt zijn handen achter zijn hoofd en rekt zich uit. 'Geen slecht idee, snoezepoes. Het werk vlot voor geen meter, ik moet er nodig even tussenuit.'

Met de picknickmand naast Lot op de achterbank rijden ze naar een meertje dat mama op de kaart heeft ontdekt. 'Als we dit dorp uitrijden meteen naar rechts', zegt mama na de zoveelste blik op de kaart. Zo komen ze op een smal zandweggetje. Halverwege staat een hek. Papa stapt uit om het open te maken.

'Er stond "verboden toegang" op dat hek', zegt mama wanneer ze verder rijden.

'Weet je het zeker?' vraagt papa. 'Gek genoeg is dat me niet opgevallen.'

Bij het meertje zijn ze de enige bezoekers. Het is er doodstil, je hoort zelfs geen verkeer in de verte. 'Het lijkt wel alsof de tijd hier heeft stilgestaan', zegt mama. 'Voor hetzelfde geld zou het honderd of tweehonderd jaar geleden kunnen zijn.'

Hoewel het drukkend warm weer is, voelt het water van het meertje koud aan. Bijna te koud om erin te zwem-

men. Lot droogt zich snel weer af en gaat op haar hand-
doek liggen lezen. Al snel is ze alles om zich heen vergeten. Ze krabt zich zonder erbij na te denken, maar de
jeuk wordt steeds erger. Op haar armen en benen en in
haar hals zitten allemaal piepkleine zwarte insecten.
'Onweersbeestjes', zegt mama en ze kijkt omhoog. De
zon is weg, de hemel is niet blauw meer maar grijs en
boven de bomen zelfs pikzwart. 'Laten we snel alles in-
pakken, Ben, zo te zien komt er noodweer aan. Met een
beetje geluk zijn we voor de bui binnen.'
Papa rijdt zo hard mogelijk om het onweer voor te blijven. De zwarte lucht komt snel dichterbij en aan de
horizon ziet Lot de eerste bliksems oplichten. De donder
klinkt alsof er enorme rotsblokken door het dal naar
beneden rollen.
Het is nog droog wanneer ze de oprijlaan bereiken,
maar het onweer is vlakbij gekomen. Een bliksemflits
verlicht het kasteel en meteen daarna volgt een oorver-
dovende donderslag. Plotseling gaat papa vol op de rem
staan.
'Z... zagen jullie dat?' stamelt hij. 'Op... op de bovenste
verdieping... iemand voor het raam. Een of andere witte
gedaante, als ik het goed zag...'
Lot en mama turen ingespannen naar het raam dat
papa heeft aangewezen.
'Ik... ik zie niets', fluistert Lot ademloos en een tikkeltje
teleurgesteld. Er beweegt niets achter de lege ramen, die
fel oplichten wanneer de bliksem erin weerkaatst.

Papa begint te lachen: 'Jullie geloofden het echt, hè, dat
er een spook voor het raam stond?'
Mama geeft hem een harde stomp tegen zijn bovenarm:
'Gemenerik! Jij altijd met je flauwe geintjes!' Maar dan
begint ze ook te lachen. Ze draait zich om en zegt tegen
Lot: 'Maak je geen zorgen, Lot. Er is maar één geest op
dit kasteel en die zit hier naast me: graaf Plaaggeest.'
De eerste regendruppels roffelen op het dak van de
auto.
Mama gooit het portier open: 'Gauw, rennen!'
Maar ze zijn alle drie doorweekt voordat ze de voordeur
hebben bereikt.

7. Lot neemt een besluit

Het onweer gaat maar niet voorbij, de ene dreunende klap volgt op de andere. Steeds als je denkt dat het voorbij is, begint het gedonder weer opnieuw. Lot ligt languit in de afgeschilferde emaillen badkuip. Ze kijkt hoe de damp van het hete water opstijgt naar de verlaten spinnenwebben aan het plafond, waarop bruine kringen en vochtvlekken zich aftekenen als onbekende werelddelen die dringend ontdekt moeten worden.

De bliksem zet de badkamer in een witte gloed, meteen gevolgd door een keiharde donderslag. De ruiten rinkelen en de koperen leidingen trillen onheilspellend.

Ook onweer gaat op het laatst vervelen. En als Lot zich verveelt, stuiteren de gedachten als rubberen ballen door haar hoofd. Ze denkt aan het spook dat vanmiddag zogenaamd boven voor het raam stond. Echt papa weer, met zijn eeuwige superstomme grapjes.

Wil ze eigenlijk wel dat er een spook op Schoonoord huist? Welke rammelende geraamten en andere lichtschuwe engerds zal ze nog ontdekken, wanneer ze op zoek gaat? Zonder nachtelijke geestverschijning is het wel lekker rustig op het kasteel – maar toch ook behoorlijk saai. En zelfs als papa op tijd klaar is met zijn werk, duurt het nog minstens twee weken voordat ze terug naar huis gaan.

Dobberend in de badkuip neemt Lot een besluit: vannacht gaat ze op spokenjacht in het kasteel. En des-

noods de nachten daarna ook, totdat ze gevonden heeft
wat ze zoekt. Bij die gedachte alleen al begint haar hart
sneller te slaan.
Mama steekt haar hoofd om de hoek van de deur en
zegt: 'Kom je eruit voordat je helemaal opgelost bent?'
'Ik ben geen stukje zeep!' roept Lot kribbig. Mama altijd
met haar stomme grapjes. Ze lijkt papa wel.

Nu ze haar besluit genomen heeft, kan Lot niet wachten tot het donker is. Met haar ouders zit ze op het terras achter het kasteel, dat door de regen is schoongespoeld. Voor haar gevoel komt er geen einde aan de scheme-ring. Ze staart naar de avondhemel waarin de vleermui-zen weer hun duikvluchten uitvoeren.

Opeens staat ze uit haar ligstoel op en zegt: 'Ik ga naar boven.'

'Zo vroeg al?' zegt papa. 'Niets voor jou, je bent altijd zo'n nachtbraker.'

'Beetje moe,' zegt Lot vaag, 'van al dat nietsdoen zeker.' Papa knikt. 'Kan ik me voorstellen, nietsdoen en rond-hangen is véél vermoeiender dan stevig doorwerken.'

'Welterusten, lieverd', zegt mama, zonder op te kijken uit haar spannende boek.

Liggend in bed wacht Lot tot ook haar ouders gaan slapen. Ze hoort het verschuiven en inklappen van de stoelen, het gerinkel van glazen en flessen, en ten slotte de tuindeur die dichtgaat. Op haar wekker is het half-twaalf: nog een uurtje wachten, dan zijn ze allebei in dromenland. Ze sluit haar ogen en wacht.

Wanneer ze haar ogen weer opendoet, is het meer dan twee uur later.

8. In de nachtwereld

's Nachts, wanneer alles in diepzwarte schaduwen is
gehuld, ziet de wereld er heel anders uit dan overdag.
Niets is meer hetzelfde.
Durft Lot haar plan ten uitvoer te brengen, ook nu het
donker is?
Ja, ze durft.
Als ze naar haar kamerdeur sluipt, kraakt er een vloer-
plank. Oorverdovend hard, lijkt het. Lot blijft doodstil
staan en spitst haar oren. De nachtwereld is vol onbekende geluiden. Het kasteel zucht en kreunt in zijn
rusteloze slaap. Er lopen koude rillingen over haar rug
wanneer ze in de verte een dier hoort huilen waarvan ze
weet dat het geen hond is.
Ze stapt door de maanverlichte gang zonder een flauw
idee waar ze moet beginnen met zoeken. Hoe ontdek je
in vredesnaam een spook dat weigert zich te vertonen?
Scherp letten op dingen die haar bij daglicht niet zijn
opgevallen – dat is waarschijnlijk het beste.
Het kost haar soms moeite te herkennen waar ze is. Het
kasteel is een doolhof met doodlopende gangen, vermolmde vloeren en dichtgemetselde deuren. In haar
dunne, witte nachthemd zou ze zelf gemakkelijk voor
een spook kunnen doorgaan. Het ene spook op zoek
naar het andere.
Ze blijft staan op een overloop, waar een stenen wenteltrap naar de keuken beneden leidt. Naast de trap ziet

ze een deur die haar niet eerder is opgevallen en die dezelfde grijze kleur heeft als de stenen muur. Ze heeft de klink nauwelijks aangeraakt of de deur zwaait open, soepel en zonder geluid, alsof iemand gisteren nog de scharnieren heeft geolied.

Boven haar klinkt er een geluid dat ze niet eerder in het kasteel heeft gehoord. Een zacht en regelmatig bonzen: ka-dok, ka-dok, ka-dok. Ze raapt al haar moed bijeen en beklimt de traptreden. Het geluid wordt sterker naarmate ze hoger komt, totdat ze opnieuw voor een deur staat. Ze is naar boven geklommen in een van de kasteeltorentjes, al weet ze niet precies welk. De deur van de torenkamer staat op een kier en ze duwt hem zachtjes open.

In het maanlicht schommelt een verveloos hobbelpaard zachtjes heen en weer, heen en weer. Op de kale vloer liggen snippers die Lot in één oogopslag herkent: het ruitjespapier van papa. Wanneer ze weer opkijkt, ziet ze een doorschijnende gedaante die er nog niet was toen ze binnenkwam. Ze huivert onbewust, ook al weet ze meteen dat ze niet bang hoeft te zijn. Ze heeft het spook herkend en het spook heeft haar herkend.
Het is het meisje achter glas uit de bibliotheek.

9. De landmeter en de jonkvrouw

Met ingehouden adem staat Lot tegenover het kasteelspook, dat op de vensterbank zit. De koude van de vloer
trekt door haar voetzolen naar boven. Het licht van de
zaklamp is vanzelf gedoofd, de batterijen zijn ineens
leeggelopen.
Het spook van Schoonoord bestaat dus echt, denkt Lot.
Tenminste, voor zover spoken en geesten echt kunnen
bestaan.
'Natuurlijk besta ik echt, Lot,' klinkt er een zachte stem
in haar hoofd, 'diep vanbinnen heb jij dat toch altijd ge-
weten? Je hoefde alleen maar je moed te verzamelen en
naar mij op zoek te gaan. Dat heb je vannacht gedaan
en daarom heb je me gevonden.'
Een vaag glimlachje speelt rond de lippen van de jonge
vrouw, die niet hebben bewogen.
'Maar ik vergeet me voor te stellen, hoe onbeleefd van
me. Leonoor van Schoonoord, oudste en tegenwoordig
enige vaste bewoner van dit landgoed. Ik ben er gebo-
ren en opgegroeid, en hier heb ik op mijn achttiende
Jonathan ontmoet. Hij kwam uit de hoofdstad en moest
in opdracht van de regering deze streek opmeten en in
kaart brengen.'
'Net zoiets als mijn vader nu in het kasteel doet', zegt
Lot.
Het spook knikt. 'Jonathan heeft in deze omgeving een
halfjaar lopen meten en rekenen, en in die tijd logeerde

hij in de gastenkamer van het kasteel. Mijn vader was gefascineerd door meetkunde en aardrijkskunde. Maandenlang heeft hij Jonathan op zijn vingers gekeken. Ook ikzelf vond de landmeter machtig interessant, hoewel ik weinig of geen belangstelling had voor wat hij daarbuiten allemaal aan het doen was. Zwarte krullen, gespierde schouders en een brede lach vol witte tanden – ik had nog nooit zo'n mooie man gezien en het kostte me geen enkele moeite om smoorverliefd op hem te worden. En gelukkig werd hij ook verliefd op mij.

Toen hij met de postkoets wegging om in de hoofdstad verslag van zijn opdracht uit te brengen, beloofde hij dat hij terug zou komen om met mij te trouwen. Ik beloofde dat ik op hem zou wachten, hoelang het ook zou duren.'

Aan de muren van de torenkamer hangen uitgeknipte silhouetten van ruitjespapier, die een jongeman voorstellen.

'Ja, dat is Jonathan,' zegt de stem in Lots hoofd, 'want hoe zou ik ooit kunnen vergeten hoe hij eruitzag? Ik wachtte en wachtte, maar mijn landmeter kwam niet terug. Was hij verongelukt, in een bergkloof gevallen, doodgeslagen door struikrovers? Ik verloor alle eetlust en verzwakte. Toen ik een zware longontsteking kreeg, kon de dokter niets meer voor me doen.

Na mijn dood ging ik hierboven wonen, in mijn vroegere kinderkamer. Mijn vader stierf een halfjaar later van verdriet. Mijn moeder is heel oud geworden, maar ze

heeft nooit meer gelachen. Ik zag alles gebeuren, zonder dat ik iets voor mijn ouders kon doen. Ik was dood
en wachtte.

Mensen kwamen en gingen, en op den duur hebben
ze allemaal het kasteel verlaten. Ik ben in mijn eentje
achtergebleven tussen stoffig spinrag, krakende vloeren
en afbladderende wanden. Tientallen jaren lang, totdat
alle klokken waren weggeroest en door houtwormen
opgevreten, en de tijd ophield te bestaan. Ik leef nu in
een wereld tussen herinneren en vergeten. Het is er nu,
vroeger, altijd – allemaal tegelijk. Ooit zal Jonathan bij
mij terugkomen, misschien morgen, misschien eergiste-
ren. Tot het eindelijk zover is, heb ik niets beters te doen
dan wachten en silhouetten knippen.'

In de verte klinkt het klaaglijke, langgerekte gehuil dat
Lot eerder die nacht heeft gehoord, alleen deze keer
dichterbij en uit meerdere kelen. Ze bibbert en voelt
weer hoe koud het in de torenkamer is. Vrieskoud, als
was het niet hoogzomer maar hartje winter.

'En de w-wolven daarbuiten,' vraagt Lot klappertan-
dend, 'droom ik die alleen maar of b-bestaan ze echt?'
'Voor mij bestaan ze echt,' zegt de stem, 'en daarom ook
voor jou. Als je mij kunt zien, kun je ook de wolven zien
– en omgekeerd. Ze leven in dezelfde wereld als ik, waar
een eeuw in een oogwenk voorbij kan vliegen en een
seconde een eeuwigheid kan duren.'

10. De wolvin bij de waterput

Wanneer Lot in haar bed ontwaakt, geeuwt en zich
uitrekt, is het alweer volop dag. Stukje bij beetje komen de gebeurtenissen van de afgelopen nacht weer
bij haar naar boven: de steile trap naar de torenkamer,
het hobbelpaard, de huilende wolven, het gesprek met
de jonkvrouw in het maanlicht – en daarna niets meer.
Haar herinneringen houden zomaar op, als een film die
middenin afbreekt.
Ze staat op en kleedt zich aan. Wanneer ze haar sanda-
len aantrekt, ziet ze dat haar voetzolen zwart zijn van
het stof. Heeft ze het allemaal werkelijk beleefd of alleen
maar geslaapwandeld?

In de keuken is de ontbijttafel gedekt en haalt mama
een versgebakken brood uit de oven.
'Eindelijk wakker, slaapkop?'
Lot zegt niets, knikt alleen en pakt de theepot om een
kopje thee in te schenken.
'Je hebt natuurlijk zo spannend gedroomd dat je zo lang
mogelijk wilde nagenieten', zegt mama.
'Precies,' zegt Lot, 'alleen weet ik er jammer genoeg
niets meer van.'
Jokken is niet liegen, houdt ze zichzelf voor.

Terwijl ze thee drinkt en het kapje van het warme brood
flink met roomboter besmeert, werpt Lot stiekeme blik-

ken op de wenteltrap achter in de keuken. Ze heeft zich
voorgenomen straks naar boven te sluipen. Nadat ze
van tafel is opgestaan, wandelt ze achter mama's rug
onopvallend in de richting van de trap.
'Wat heb je daarboven te zoeken?' wil mama weten.
'O,' zegt Lot met een onschuldig gezicht, 'dit kasteel is
zo groot dat er vast nog allerlei plekjes zijn waar ik nog
nooit ben geweest.'
'Je moet het zelf weten, maar op die verdieping vind
je alleen een onvoorstelbare hoop ouwe rotzooi', zegt
mama. 'Wees alsjeblieft voorzichtig, die houten vloeren
zijn zo vermolmd dat je er misschien doorheen zakt.'
'Ik zal goed uitkijken, heus', belooft Lot. Ze gaat ervan-
door voordat haar moeder nog meer lastige vragen kan
stellen.
Maar boven wacht haar een teleurstelling, want de deur
naar de torenkamer is verdwenen. Voor alle zekerheid
strijkt ze met haar hand over de verweerde muur. Ooit
heeft er een deur gezeten, maar de opening is lang geleden dichtgemetseld en overgeschilderd.

In de bibliotheek zoekt ze de hele ochtend naar boeken
over de geschiedenis van het kasteel. Misschien kan ze
daarin ontdekken wat Jonathan is overkomen en waarom hij nooit is teruggekeerd. Het raadsel van Schoonoord, noemt ze het. Sommige boeken zien eruit alsof
ze al meer dan honderd jaar niet gelezen of zelfs maar
ingekeken zijn.

Voordat ze weggaat met haar armen vol boeken, loopt ze langs de krijttekening van de jonge vrouw met het vogeltje. Sinds de afgelopen nacht weet ze het zeker: Leonoor kijkt haar aan met een vaag glimlachje rond-om haar lippen.

Met haar stapel boeken gaat Lot op een deken in de tuin liggen en ze begint ijverig te bladeren. In een familiege-schiedenis ontdekt ze nog een ander portret van Leo-noor, met twee jaartallen eronder. De jonkvrouw heeft dus werkelijk bestaan en is maar tweeëntwintig jaar geworden, rekent Lot vlug uit. Ze legt een briefje tussen de pagina's en zoekt verder, maar ze is nog steeds moe van de afgelopen nacht en ze kan haar ogen nauwelijks openhouden.

De lome middagwarmte, de zoemende insecten en het geruststellende ritselen van de boombladeren wiegen haar in slaap.

Heeft ze een geluid opgevangen en onraad bespeurd? Lot is opeens weer klaarwakker en merkt dat ze met haar gezicht boven op het opengeslagen boek ligt. Ze houdt zich doodstil, met gespitste oren, en wanneer ze niets hoort, komt ze langzaam overeind. Steunend op een elleboog speurt ze de omgeving af en dan ziet ze iets bewegen bij de waterput.

Een wolf! Deze is kleiner en slanker gebouwd dan het dier dat ze in het bos heeft gezien – een vrouwtje, ver-moedt ze. De wolvin houdt haar in de gaten, alsof ze er zeker van wil zijn dat Lot haar heeft opgemerkt. Ze

drentelt rond de put, springt op de rand en blaft kort
en schel naar de duisternis onder haar. Daarna springt
ze van de putrand af en verdwijnt zonder haast op een
sukkeldrafje in het struikgewas.
Net alsof de wolvin me iets duidelijk wil maken, denkt
Lot, maar wat?
En plotseling weet ze het.

11. Jonathan

Vannacht gaat Lot eropuit. Ze is de hele middag bezig geweest om voorbereidingen te treffen. In een berghok vond ze een stuk touw dat lang genoeg zou moeten zijn. Ze heeft nieuwe batterijen in haar zaklamp gestopt en stevige schoenen klaargezet. Nu moet ze rustig afwachten tot het donker is en vooral niets aan papa en mama laten merken. Makkelijker gezegd dan gedaan, want ze voelt zich behoorlijk zenuwachtig.
'Welterusten', zegt papa als hij bij haar komt kijken voordat mama en hij ook zelf naar bed gaan.
'Welterusten, papa beer', zegt Lot en ze gaapt eens flink, in de hoop dat hij erin trapt.
Een uur later sluipt ze naar buiten, haalt het touw op en loopt naar de put.
Ze laat het licht van haar zaklamp over de droge bodem cirkelen, maar er liggen alleen brokken steen die van de putrand omlaag zijn gevallen. Heeft ze het dan toch verkeerd begrepen? Maar als ze de lantaarn uitdoet, ziet ze iets op de bodem bewegen. Heel eventjes maar, dan is het weer weg.
Ze bindt het touw aan een boom vast, gooit het over de putrand omlaag en laat zich voorzichtig naar beneden zakken. Met haar voeten zet ze zich af tegen de gemetselde, met mos begroeide wand. De zaklamp heeft ze in het gras naast de put laten liggen, want spoken houden niet van licht – dat is haar nu wel duidelijk.

Op de bodem aangekomen fluistert ze: 'Ben je daar, Jonathan?'

En, als ze niets hoort, nog eens: 'Jonathan?'

Weer hoort ze een stem in haar hoofd, alleen is het deze keer een mannenstem.

'Het is eeuwen geleden dat ik die naam heb gehoord. Hoe heb je me gevonden?'

'Een wolf heeft me gewezen waar ik moest zoeken... Ik heet Lot.'

Een witte gedaante maakt zich los van de putwand. Hij straalt een zacht licht uit, net genoeg om hem in het duister te onderscheiden.

'Hoe ben je onder in deze waterput terechtgekomen, Jonathan?'

'Dat is een lang verhaal, ga erbij zitten.'

Hij gebaart naar een hoopje stenen. Lot is blij dat ze een oude spijkerbroek heeft aangetrokken.

'Toen ik nog leefde, stuurde de regering mij als land-meter naar deze streek. Ik logeerde op het kasteel en ontmoette daar een beeldschone jonge vrouw. Voor ons allebei was het liefde op het eerste gezicht. Ik probeerde mijn opdracht zo lang mogelijk te rekken, maar uitein-delijk moest ik toch terug naar de hoofdstad.'

Lot kent dat deel van het verhaal al, maar ze zegt niets en luistert aandachtig naar het vervolg.

'Ik had beloofd terug te komen om met haar te trouwen, maar mijn familie werd getroffen door tegenslag. Een

storm verwoestte onze wijngaarden, een lading tropisch hout ging verloren bij een schipbreuk. Algauw bezaten we niets meer en hadden we alleen nog schulden. Hoewel ik Leonoor als straatarme landmeter niet meer onder ogen durfde te komen, kon ik haar niet uit mijn hoofd zetten. Na een jaar besloot ik: als ze echt van me houdt, zal ze met me trouwen, geld of geen geld.

Nadat de postkoets mij hier vlakbij had afgezet, durfde ik niet naar binnen. Had Leonoor niet schoon genoeg gekregen van het eindeloze wachten? Wie weet had ze zich allang met een ander verloofd en had hij mijn plaats in haar hart ingenomen. Ik ging op de rand van de oude waterput zitten om mijn zenuwen te kalmeren en moed te scheppen. Toen ik stemmen dichterbij hoorde komen, sloeg de twijfel toe. Kon ik me wel vertonen aan Leonoor en haar familie? In paniek probeerde ik me in de waterput te verstoppen, maar de rand brokkelde onder mijn handen af. Ik viel ruggelings naar beneden, brak mijn nek en was op slag dood.

Sinds die tijd woon ik op de bodem van deze drooggevallen put, als een naamloos en vergeten spook. Maar toch, ik zit hier goed want ik voel me dicht bij haar en ik kan dag en nacht van haar dromen, hoewel ik betwijfel of zij ooit nog aan mij heeft teruggedacht.'

'O, daarin vergis je je', zegt Lot. 'Kom maar met me mee. Lopend, zwevend, hoe doe je dat?'

'Maar ik heb me nog nooit buiten deze put gewaagd', zegt Jonathan aarzelend.

'Dan wordt het hoog tijd', zegt Lot. 'Je weet niet wat je mist.'

Ze neemt Jonathan mee naar binnen, de keuken door, de wenteltrap op, tot aan de deur naar de torenkamer, die op een kier staat.

'Ga je mee naar boven?' vraagt Lot, maar Jonathan schudt zijn hoofd.

'Het is zo lang geleden, ik... ik durf niet zo goed.'

'Je durft best,' zeg Lot heel beslist, 'wat ben jij voor een spook?'

Nadat Jonathan achter de bocht in het trapgat is verdwenen, gaat Lot terug naar haar slaapkamer. Die twee daarboven hebben elkaar vast een heleboel te vertellen, denkt ze, en daar hebben ze mij niet bij nodig. Ze hebben zo lang op elkaar gewacht, zo dicht bij elkaar.

Door alle opwinding duurt het een poosje voordat ze in slaap valt. Met haar handen achter haar hoofd luistert ze naar de geluiden om haar heen. Soms denkt ze stemmen te horen, maar het kan evengoed de nachtwind zijn die ritselend door het gebladerte van de bomen strijkt. Of haar verbeelding.

12. Afscheid van Schoonoord

Papa's opdrachtgever is onverwachts langsgekomen.
Hij is een kwartiertje gebleven en daarna weer weggere-
den, maar sindsdien is papa niet meer te genieten.
'De vergunning is geweigerd, waardoor het hele bouw-
project afgeblazen moet worden en ik me dus weken-
lang voor niets heb uitgesloofd. Ik was verdorie aan
de laatste tekeningen bezig en dan zoiets. De eigenaar
verkoopt het kasteel aan monumentenzorg, die het in
de oude toestand laat herstellen en daarvoor een plaat-
selijke architect inhuurt.'
Fantastisch nieuws voor de twee verliefde spoken, denkt
Lot. Tussen de gasten van een chic hotel zouden ze zich
nooit thuis voelen. Maar gelukkig wordt het kasteel
weer zoals vroeger, toen zij elkaar leerden kennen.
Papa schopt in het grint van de oprijlaan, waardoor de
steentjes alle kanten op vliegen.
'Maar wij hebben een superleuke vakantie gehad, pap',
zegt Lot troostend.
'Jullie wel,' bromt papa, 'jullie konden heerlijk nietsdoen, bruinbakken en tochtjes maken, maar ik moest
werken.'
'Papa beer is heel zielig', beaamt mama en onopvallend
geeft ze Lot een knipoog.
'Volgens mij nemen jullie tweeën mij vierkant in de
maling', zegt papa wantrouwig. 'In elk geval heeft hij
meteen afgerekend en mij een cheque voor het volledige

bedrag gegeven. En we mogen nog een weekje langer blijven als we dat willen.'
'Doen we,' zegt mama, 'dan heb jij eindelijk ook vakantie.'

Een week later laden ze in alle vroegte hun bagage in de kofferbak van de auto. Lots ouders willen zo vroeg mogelijk aan de thuisreis beginnen. Boven het grasveld hangen witte nevelslierten, doorzichtig als spoken. Papa is naar binnen gegaan om de stroom af te sluiten en te controleren of ze niets hebben achtergelaten.
In de koffer van Lot zit het met linten dichtgebonden mapje dat vanmorgen op haar nachtkastje lag. Het bevatte twee uit ruitjespapier geknipte silhouetten, van Leonoor en Jonathan.
'Jammer dat er geen spook is komen opdagen, hè, mam', zegt Lot met haar onschuldigste gezicht.
Haar moeder kijkt haar verwonderd aan. 'Heb jij dan niets gemerkt? Ik heb mijn mond gehouden om geen paniek te zaaien, maar na middernacht hoorde ik hen soms. Een mannenstem en een vrouwenstem, die lachten en met elkaar babbelden. Het was niet griezelig of zo, alleen... nogal ongewoon. Alsof je luistert naar onbekende buren aan de andere kant van de muur.'
'Heeft papa het ook gehoord?' vraagt Lot.
'Ben zou zelfs door een ontploffing heen slapen.'
Papa komt naar buiten, draait de voordeur op slot en stapt in.

'Eerst de sleutel afgeven en daarna scheuren we over de snelweg naar huis', zegt papa handenwrijvend. 'Ik kijk ernaar uit om weer thuis te zijn. Zo'n vakantie is best leuk en ontspannend, maar het moet niet te lang gaan duren.'

Wanneer de auto met knerpende banden over de oprijlaan wegrijdt, draait Lot zich om. Ze wil door de achterruit naar het verdwijnende kasteel kijken. In het schemerige ochtendlicht ziet ze twee gedaanten achter een raam op de bovenverdieping staan.

Ze steken allebei hun hand op en Lot zwaait terug.